A mi hija Mari Montejo, con el inmenso cariño de su padre. Y para que ella viva y sienta lo mágico de las tradiciones mayas de sus padres y antepasados. — V M

Para Irene, la alegría — R Y

Texto © 2005 de Víctor Montejo
Ilustraciones © 2005 de Rafael Yockteng
Ninguna parte de esta publicación podrá ser reproducida, archivada en un sistema de recuperación o transmitida en cualquier formato o por medio alguno, sin el previo consentimiento por escrito de los editores, o sin una licencia de The Canadian Copyright Licensing Agency (Access Copyright). Para obtener una licencia de Access Copyright, visite www.accesscopyright.ca o llame (libre de cargos) al 1-800-893-5777.
Groundwood Books / House of Anansi Press
720 Bathurst Street, Suite 500, Toronto, Ontario M5S 2R4
Distribuido en los Estados Unidos por Publishers Group West
1700 Fourth Street, Berkeley, CA 94710

Library and Archives Canada Cataloging in Publication
Montejo, Víctor
Blanca flor : una princesa maya / Víctor Montejo; ilustraciones de Rafael Yockteng.
ISBN 0-88899-600-4
1. Mayas–Juvenile fiction. I. Yockteng, Rafael II. Title.
PZ74.1.M65BI 2005   j863'.64   c2005-901083-5

Las ilustraciones fueron realizadas en acuarelas y grafito.
Impreso y encuadernado en China

Blanca Flor

UNA PRINCESA MAYA

VÍCTOR MONTEJO

ILUSTRACIONES

RAFAEL YOCKTENG

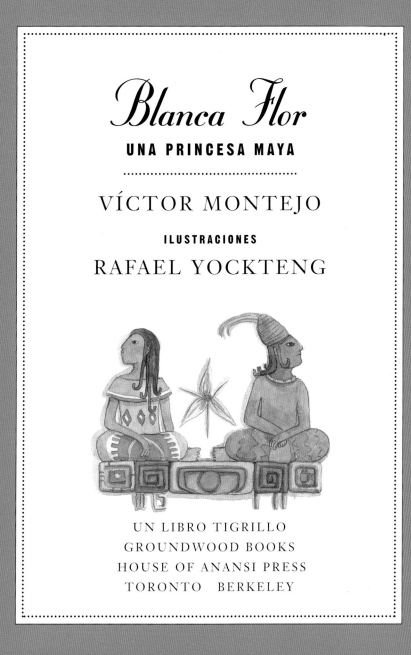

UN LIBRO TIGRILLO
GROUNDWOOD BOOKS
HOUSE OF ANANSI PRESS
TORONTO   BERKELEY

Había una vez un príncipe llamado Witol Balam que salió a recorrer ciudades y pueblos lejanos en busca de trabajo. Sus papás habían sido ricos, pero una epidemia azotó a aquella comarca y mató no sólo a sus padres sino a mucha otra gente, dejando a los pocos sobrevivientes en la miseria. Él era uno de ellos. Había sufrido tanto que se olvidó de su nombre y de quién había sido.

El joven había viajado de una ciudad a otra sin conseguir un puesto. Un día de esos, cansado de tanto caminar, se sentó bajo la sombra de un árbol a orillas del camino. Aquel territorio parecía muy desolado, pues casi nadie transitaba por el camino polvoriento que atravesaba un espeso bosque.

El joven estaba por cerrar los ojos y dormir un poco cuando se acercó un hombre ricamente vestido, montado en un venado grande y negro. El joven se paró y se acercó al hombre, quien le dijo:

—Me doy cuenta que estás sufriendo mucho por tu pobreza. Pero tu situación puede cambiar fácilmente si aceptas mi proposición.

—¿Qué es lo que usted me propone, señor del bosque? –preguntó el joven.

El extraño siguió:

—Te puedo dar toda la riqueza que necesitas para gozar la vida en este mundo. Después de que hayas gozado, quiero que vengas a servirme y a hacer lo que yo te pida. Pero antes, vive ricamente y derrocha todo el dinero que quieras.

El joven, como todos los de estos pueblos mayas, sabía que Witz Ak'al era un ser extraño que daba riquezas al que se lo pedía, a cambio de su corazón. De manera que cuando la gente moría, su espíritu llegaba directamente a la mansión de Witz Ak'al, quien lo convertía en cerdo que sacrificaba para su sustento. Witol reconoció a Witz Ak'al porque había oído que montaba en venados grandes como caballos.

—Gracias por su oferta, señor Witz Ak'al –respondió el joven–, pero no puedo aceptar su proposición. Mis padres me han enseñado a ganar el dinero honradamente y a no hacer pactos prohibidos que después puedan destruirme.

—Yo soy Witz Ak'al, el dueño de los montes y de los valles. Yo decido a quién regalarle mi riqueza, pues no se la doy a cualquiera. Te he seleccionado porque veo que eres muy pobre y necesitas dinero. Además, el trato es sencillo. Después de algún tiempo de gozar todo lo que quieras en este mundo, te llamaré para que me pagues. Lo único que debes hacer es aceptar este dinero que se multiplicará asombrosamente en tus manos. Luego, tienes que prometer que me servirás cuando te necesite.

—Yo soy pobre, pero no quiero riqueza mal habida –dijo el joven–. Soy fuerte y trabajador, y prefiero sacrificarme trabajando que recibir riqueza fácil a cambio de mi corazón.

Al ver que no podía convencer al joven, Witz Ak'al montó su venado negro y se retiró muy enojado de aquel lugar.

Después de haber descansado lo suficiente, el joven continuó su camino. En la distancia ya podía ver las casas de una ciudad cercana. Poco a poco se fue acercando el joven, preguntando por el rey, o señor principal, que pudiera darle trabajo. La gente le señaló adonde debía ir y así, llegó al palacio a pedirle trabajo al rey.

El rey estaba allí en el jardín con la reina y su hermosa hija, la princesa Saj Haq'b'al. El joven se sorprendió al ver la similitud del rey con el caballero que lo había visitado en el bosque ofreciéndole riquezas. Tratando de disimular su asombro, el joven se inclinó frente al rey, la reina y la princesa diciendo:

—Salud, señor rey; salud, señora reina; salud, hermosa princesa.

—Salud, joven forastero. ¿Qué buscas en estas tierras del Mayab'? –preguntó el rey con voz fuerte y poco amistosa.

—Busco trabajo, señor rey. Hace muchos días que camino en busca de alguien que pueda ofrecerme algún trabajo para ganar suficiente dinero y regresar a reconstruir la casa abandonada de mis padres.

El rey, que en realidad era Witz Ak'al, se acordó del rechazo del joven.

—Aquí no hay trabajo, así que puedes continuar tu camino –dijo el rey, tratando de despedir al joven allí mismo.

La princesa, que estaba a su lado escuchando, intervino en la plática.

—Padre, necesitamos a alguien como este joven fuerte para hacer los trabajos de la milpa y cuidar las abejas que nos dan la miel y la cera para las ceremonias.

La princesa intercedió por el joven con una voz tan dulce, que el rey no pudo resistir.

—Está bien, joven forastero, te daré trabajo. Sólo espero que puedas hacer todo lo que yo te pida.

El rey miró al joven con desprecio. Pero el joven no hizo caso y aceptó servir al rey, a la reina y a la princesa. Enseguida, el rey le ordenó al joven que fuera a establecerse en una galera detrás del palacio.

Un poco preocupado por la actitud del rey, el joven se fue a descansar. Estaba seguro de que este rey era Witz Ak'al, un hombre malo y de poco confiar. Sin embargo, el joven presentía tener de su lado a la princesa, y con este pensamiento se durmió.

Al día siguiente, el joven se levantó temprano y fue a preguntarle al rey:

—Mi señor, ¿qué es lo que debo hacer hoy?

—Tendrás que ir a buscar leña al valle de la desolación –ordenó el rey–. Llevarás dos venados grandes para traer suficiente cantidad.

Esa misma mañana el joven se fue a buscar la leña a aquel valle. Pero aunque la buscó por todos lados, no vio ni un pedazo para cortar. Al final del día, ya cansado de andar con los venados, tuvo que regresar al palacio sin la leña. El joven sentía mucha pena por no haber cumplido con el trabajo que le había encargado el rey. Temía que el rey se enojara y lo despidiera del palacio. Silencioso, el joven se le acercó al rey, que se paseaba en el jardín.

—¿Ya has traído la leña? –preguntó el rey.

—No, mi señor –respondió el joven–. El valle donde usted me mandó es muy árido y allí no hay árboles. No pude conseguir ni un solo manojo de leña.

—Eso no me importa. Si no traes la leña mañana, ya verás lo que te va a pasar –amenazó el rey.

El joven se puso muy triste. Se retiró a su galera sabiendo que no podría cumplir con la orden.

Entonces, la hija del rey se acercó y le preguntó por qué estaba tan triste. El joven levantó la cabeza y miró con ojos tiernos a la princesa.

—El rey me ordenó traer leña, pero en el valle donde me mandó no había ni un pedazo. Pasé todo el día buscando y no encontré nada. Ahora, el rey me ordenó volver a ese mismo lugar mañana y traer la leña sin falta –le dijo el joven a la princesa.

—Pobre joven, yo entiendo lo que te pasa. Conozco muy bien a mi padre, pues él no es un rey cualquiera. Es Witz Ak'al, el dueño de los montes y de los valles.

—¿Cómo podré entonces cumplir su orden para que no me castigue? –suplicó el joven.

—Tienes que saber que mi papá no quema la madera para leña. Él acostumbra quemar los huesos de animales muertos. También debes saber que a veces mi papá se convierte en venado, así como otros grandes reyes y sabios se convierten en otros animales. El animal compañero, o el *tonal*, de mi papá es un venado negro y el de mi mamá es un venado colorado. Estos venados viven muy protegidos en un jardín secreto del palacio. Mañana, cuando lleves a los venados a traer leña, uno de ellos va a tratar de patearte. A ése le debes echar mucha carga, pues será el animal compañero de mi papá. En cambio, al venado colorado trátalo bien porque ése es el animal compañero de mi mamá. Todo lo que les pase a esos animales les pasará también a mis padres –le explicó la princesa.

—Muchas gracias por ayudarme, hermosa princesa –dijo el joven.

Al día siguiente, el joven volvió al mismo lugar a buscar leña con el venado negro y el colorado. En el camino el venado negro que el joven montaba quiso tumbarlo al suelo y patearlo, pero el joven le dio latigazos como le había indicado la princesa. Poco después, llegó a aquel valle árido y sin árboles. El terreno era casi un desierto y los animales se morían por la falta de agua. En todas partes había huesos de animales muertos amontonados. Recordando las palabras de la princesa, el joven buscó los huesos más grandes e hizo una carga muy pesada para el venado que quería patearlo. En

cambio, al venado colorado le hizo una carga liviana. En el camino de regreso, el venado negro siguió con intenciones de patear al joven, pero éste le daba latigazos cada vez que lo intentaba.

Al llegar al palacio, el joven descargó a los dos animales y los fue a dejar en un establo oscuro en el sótano. Éste era el lugar donde el rey había ordenado dejar a los dos venados. Luego, ocultos a la vista de todos los súbditos, los venados entraban al jardín secreto donde nadie más que el rey y la reina podían entrar.

Después el joven se fue al palacio a preguntarle al rey qué trabajo tendría que hacer. Cuando llegó ante Witz Ak'al, éste se puso furioso. Una sirvienta estaba allí curándole la espalda amoratada. Sólo el rey, el joven y la princesa sabían que la espalda del rey se había pelado bajo la pesada carga que el joven le había puesto.

El rey quería darle un buen castigo al joven y decidió ponerle una tarea imposible de llevar a cabo.

—Mañana temprano, irás a rozar y a preparar para el cultivo todo ese valle que ves allá abajo. Si no terminas mañana mismo, te voy a castigar.

Al oír esto, el joven supo que era imposible que un solo hombre realizara todo ese trabajo en un día. A diferencia del lugar de los huesos, este valle estaba cubierto de grandes y gruesos árboles que serían muy difíciles de talar. El joven volvió a retirarse a su galera y allí se sentó a pensar en el castigo que le esperaba. Allí estaba el joven meditabundo cuando llegó de nuevo la princesa.

—Y ahora, ¿por qué estás triste? –preguntó ella.

—Tu padre, el rey, me ordenó hacer un trabajo que es imposible de realizar. Me dijo que rozara todo ese valle y que lo dejara listo para la siembra. Es un trabajo de muchos días y un hombre solo sería incapaz de realizarlo.

—No te preocupes, ya verás que el trabajo estará hecho a mediodía. Y por la tarde ya podrás descansar tranquilo.

A medianoche, la princesa se fue al valle. Sin que nadie la viera, colgó listones de diferentes colores en cada una de las esquinas del terreno. Por el lado norte dejó un listón blanco, por el sur dejó uno amarillo, por el oriente dejó uno de color rojo y por el occidente dejó un listón negro. Por último, la princesa se dirigió al centro del terreno y allí dejó, sobre una rama, un listón de color verde. Después de marcar el terreno en los cinco puntos cardinales, la princesa regresó apresuradamente al palacio.

A l amanecer, el joven se dirigió hacia el valle. Al llegar se asombró al ver que ya estaba listo todo el terreno que el rey le había ordenado rozar. Sólo unos pequeños arbolitos quedaban en pie, como se acostumbraba dejar para el frijol de enredo entre la milpa. Todo el trabajo estaba hecho, como por arte de magia. El joven pasó el día caminando por aquel terreno, admirando los listones de colores que seguían colgados de los arbolitos en cada esquina y en el centro.

Cuando llegó la hora de regresar, el joven se presentó muy contento delante de Witz Ak'al y le dijo:

—Mi señor, el trabajo está terminado. ¿Qué haré mañana?

—¿Está todo terminado? –exclamó el rey.

—Sí, mi señor, fue fácil hacer la tarea.

El rey comenzó a preocuparse, pues el joven parecía conocer sus secretos. Nadie antes había podido cumplir sus órdenes. En cambio, aquel joven parecía responderle con la misma magia que él utilizaba. El rey empezó además a sospechar de la princesa, quien visitaba al joven cada tarde cuando éste regresaba del trabajo. Ahora, más enojado que nunca, el rey le dijo al joven:

—Mañana no irás a ninguna parte, sólo quiero que pongas a hervir agua en una olla. Con el agua hirviente pelaré un cerdo con el que haré chicharrones.

—Muy bien –respondió el joven. Aquel trabajo parecía muy fácil.

Esa tarde, el joven no mostró ninguna preocupación. Tampoco meditó como lo hacía antes, cuando el rey le daba órdenes imposibles de cumplir. Calentar agua era un trabajo tan fácil que no tenía por qué preocuparse. En vez, el joven salió a dar un paseo por el bosque con la esperanza de ver a la princesa en sus caminatas vespertinas. Efectivamente, la princesa se asomó por el bosque seguida de otras doncellas. Apartándose de sus compañeras, la princesa se acercó al joven y le preguntó:

—¿Qué trabajo te ha ordenado mi papá para mañana?

—Algo fácil –respondió el joven–. Me pidió que ponga a hervir agua para pelar un cerdo que se quiere comer.

—¡Oh, qué desgracia la tuya! –dijo la princesa–. ¿Acaso no tienes ninguna imaginación? El agua hirviente será para pelarte a ti, pues él te convertirá en cerdo mañana.

El joven casi se desmayó al escuchar las palabras de la princesa. De inmediato le pidió consejos.

—Por favor, princesa, dime qué puedo hacer para salvar mi vida.

—En este caso no hay nada que hacer –dijo ella–. Si quieres seguir viviendo debes huir del palacio, es el único camino que te queda.

—¿Escaparme de tu papá? Es imposible, él me dará alcance de inmediato.

Con su corazón tierno y amable, la princesa se compadeció del joven. En realidad, ella se había enamorado de él. Dispuesta a confrontar la ira de su padre, le dijo al joven:

—Tu humildad y tu sinceridad me han conmovido. Huiré contigo y te protegeré. Pero quiero que nos casemos cuando estemos libres y muy lejos de mi papá.

El joven, que también sentía amor por la princesa, la miró con ojos tristes y trató de excusarse:

—Pero tú sabes que soy muy pobre. No tengo nada para ofrecerte.

—Eso no me importa. Lo importante es salvar nuestras vidas y luchar juntos, si es que realmente nos queremos.

Muy preocupado, el joven se fue a acostar. El plan era levantarse temprano cuando saliera el Lucero de la Mañana. En su cuarto, la princesa tampoco pudo dormir pensando en el engaño que tendría que idear para despistar a su padre mientras huían.

Como a medianoche, la princesa se levantó y depositó una mazorca amarilla en la cabecera de su cama. Luego fue a la cocina y allí depositó una mazorca blanca sobre la leña de huesos amontonados. Por último, salió al patio y depositó una mazorca de granos rojos en el portón de salida hacia el bosque. Sin haber sido vista, la princesa volvió a su cuarto y se acostó.

Eran como las tres de la mañana cuando salió Venus, el Lucero de la Mañana. Ésa era la hora convenida. La princesa se levantó y fue a llamar al joven quien para entonces ya estaba en pie. Los dos abandonaron el palacio apresuradamente, yendo por el camino del bosque que conducía a los reinos mayas de la tierra caliente.

Poco tiempo después, Witz Ak'al despertó. Como de costumbre, a la primera que llamó fue a la princesa. No solía llamarla tan temprano, pero el rey ya comenzaba a sospechar que una relación estrecha unía al joven y a la princesa.

—Blanca Flor, ya es hora de que te levantes –ordenó.

—Ya me estoy levantando –respondió la mazorca amarilla que ella había dejado en la cabecera de su cama.

El rey oyó la voz de Blanca Flor que se levantaba. Aliviado, volvió a dormirse. Poco tiempo después, el rey despertó otra vez y gritó:

—Blanca Flor, ¿qué estas haciendo?

—Estoy preparando el fuego en la cocina –respondió la mazorca blanca que ella había dejado en la cocina.

Seguro de que su hija estaba en la cocina, Witz Ak'al volvió a dormirse. Cuando despertó por tercera vez, el rey volvió a llamar a su hija:

—Blanca Flor, ¿qué estás haciendo?

—Estoy recogiendo más leña aquí en el patio –respondió la mazorca roja que ella había dejado en el portón de salida.

Confiado en que su hija estaba allí trabajando, el rey volvió a dormirse. Mientras tanto, la princesa y el joven se iban alejando lo más rápido que podían del palacio. Estaba ya casi amaneciendo cuando Witz Ak'al despertó y llamó de nuevo:

—Blanca Flor, ¿qué estás haciendo?

Nadie respondió. El rey temió que su hija lo hubiera engañado.

—Blanca Flor, ¿dónde estás?

Nadie respondió. Hubo un profundo silencio en la cocina y en el patio. El rey se levantó de inmediato y se dio cuenta de que su hija no estaba en el palacio. Enseguida fue a donde dormía el joven pero no lo encontró allí. Desesperado por la ausencia de su hija, el rey despertó a la reina.

—Mi reina, ha huido nuestra hija, Blanca Flor.

—¿Cómo puede ser, y con quién? –preguntó la reina.

—Con aquel joven pobre que vino a buscar trabajo aquí al palacio.

—¡Qué ridículo! –exclamó la reina–. Vete ahora mismo a alcanzar a esos malcriados. Quiero que me los traigas de vuelta, ahorita mismo –ordenó. El carácter de la reina era fuerte y ella daba órdenes a todos, incluso al mismo rey.

—Ahorita salgo –dijo el rey.

Pensando que los prófugos le llevaban mucha delantera, el rey bajó al jardín secreto a sacar al venado negro. De inmediato se abrieron las puertas cuando el rey salió montado en aquel venado ágil y muy elegante. Witz Ak'al azuzó al venado, quien partió galopando a toda velocidad.

Por su parte, Blanca Flor y el joven seguían corriendo sin descansar. Después de un par de horas, la princesa dijo:

—Siento que mi papá nos está dando alcance.

—¿Qué podremos hacer? ¿Será mejor escondernos?

—No, él nos descubriría luego. Yo sé como hacer para que él regrese al palacio sin nosotros –dijo la princesa.

Se detuvieron en medio del camino mientras, en la distancia, ya podían ver el polvo que levantaban los cascos del venado negro. Entonces, la princesa sacó de su cabeza un peine de madera que llevaba prendido en el cabello. Después de decir algunas palabras mágicas, tiró el peine en medio del camino. En ese preciso instante una tupida barrera de espinas se formó, cortándole el paso al venado.

Witz Ak'al buscó inútilmente por dónde pasar. Al ver que nada podía hacer frente a aquella barrera de espinas, retrocedió y se regresó galopando en su venado.

El rey llegó sudoroso al palacio a darle parte de su fracaso a la reina. Pero antes de que desmontara, la reina preguntó:

—¿Has traído de vuelta a la princesa?

—No pude –dijo el rey–. Corrí mucho con el venado hasta toparme con una barrera de espinas que no me dejó pasar.

—¿Y por qué no trajiste una de esas espinas? Esa barrera de espinas que te tapó el camino era Blanca Flor.

—¿Cómo va a ser? –dijo el rey–. Ahora mismo voy a traer esas espinas.

—Que sea pronto, porque quiero ver a mi hija –insistió la reina.

Una vez más, Witz Ak'al salió del palacio galopando a toda velocidad sobre el venado negro. Pronto llegaron al lugar donde antes una barrera de espinas les había cerrado el camino. Pero la barrera de espinas ya no se encontraba y el camino estaba despejado. El venado siguió a todo galope tras la princesa y el joven.

Después de varias horas, la princesa presintió la cercanía de su padre y le dijo al joven:

—Ya casi nos alcanza otra vez mi papá.

—¿Qué haremos ahora? –preguntó asustado el joven.

—No te preocupes, yo sé cómo hacer que regrese sin nosotros

En la distancia ya podían ver al venado que venía dándoles alcance. Entonces, la princesa sacó un espejito redondo de su bolso y lo puso en medio del camino. En ese instante el espejo se convirtió en un lago muy azul y profundo. El venado detuvo su carrera al ver que el agua le impedía seguir adelante. El rey se acordó de las espinas y las buscó en la orilla del lago, pero no las encontró. Pensando que aquél era un lago verdadero, dio media vuelta y regresó al palacio.

Witz Ak'al llegó muy fatigado. La reina lo esperaba en el patio.

—¿Has traído a la princesa?

—No pude encontrarla, pues la barrera de espinas ya no estaba. Seguí corriendo para alcanzarlos, pero no pude continuar pues me topé con un lago muy azul y profundo.

—¡Aunque seas el señor del bosque eres un tonto! –gritó la reina–. Debías haber traído un poco de esa agua para regresar con nuestra hija. El agua de ese lago azul y profundo era Blanca Flor.

El rey se lamentó de no haber reaccionado a tiempo. Después de comer algo, volvió otra vez en busca de la princesa y del joven prófugo. Iba a traer las espinas o el agua del lago, si los encontraba.

Montado en el venado negro, Witz Ak'al salió galopando. El venado corrió y corrió, veloz como el viento, hasta llegar al lugar donde se había topado con el lago. Tal como había pasado con la barrera de espinas, el lago ya no estaba allí. El camino se veía amplio y despejado por lo que el venado siguió corriendo a toda velocidad.

Después de varias horas de caminar, la princesa volvió a decirle al joven:

—Siento que mi papá nos está dando alcance nuevamente.

—¿Qué haremos para escapar de él esta vez? –preguntó el joven asustado.

—Yo sé cómo confundirlo en el camino, no te preocupes.

Diciendo esto, la princesa desató de su cabeza uno de los listones de colores que le trenzaban el pelo. Tomó uno de los extremos del listón y lo rasgó en siete puntas. Cuidadosamente, depositó el listón en el suelo, disponiendo en varias direcciones las siete puntas. De inmediato, el listón de siete puntas se convirtió en un camino que se abría en siete ramas.

El venado, que venía a todo galope, se detuvo cuando llegó al punto donde se dividían los caminos. El rey no pudo decidir por cuál camino continuar su persecución, así que dio la vuelta y volvió al palacio.

Esta vez llegó completamente cansado y decaído. Como siempre, la reina estaba allí esperando.

—¿Has traído a la princesa?

—No pude darles alcance, pues seguramente se escondieron en alguna parte. Solamente en un punto los alcancé, pero me detuve porque el camino se abría en siete ramas. No supe cuál seguir.

—¿Y por qué no trajiste un poco de polvo de esos caminos? Ese camino de siete ramas era Blanca Flor –replicó la reina.

Esta vez, Witz Ak'al no se dejó regañar tan fácilmente y dijo:

—Yo estoy muy cansado. Ahora te toca a ti ir a buscarlos y traerlos al palacio.

La reina bajó al jardín secreto del palacio a sacar al venado colorado. Enseguida salió montada en ese hermoso venado y se dirigió como una centella por el camino donde había huido la pareja. El venado corrió y corrió lo más rápido que podía. Muy pronto la reina fue dándole alcance a los dos prófugos.

La princesa comenzó a presentir la proximidad de su madre y le habló al joven:

—Estamos perdidos, ahora es mi mamá la que ha salido a buscarnos y nos está alcanzando. A ella es casi imposible engañarle.

El joven quiso seguir corriendo con la princesa, pero los dos estaban cansadísimos. En ese mismo lugar se detuvieron y Blanca Flor le dijo al joven lo que tenían que hacer.

—Yo me convertiré en elote en este gran maizal. Tú serás el campesino que trabaja delicadamente en la milpa. Cuando venga mi mamá a preguntar si has visto a dos jóvenes que huían, le dices que los elotes no se venden. No dejes que ella corte ni un solo elote –explicó la princesa.

Instantáneamente apareció un campo sembrado de maíz. Las matas de maíz estaban muy verdes y gruesas y todo el maizal estaba bien cargado de elotes tiernos. A orillas de la milpa estaba un viejo campesino trabajando, dedicado al cuido del maíz.

Al rato llegó la reina montada en su venado. Se detuvo frente al agricultor y preguntó:

—Señor, ¿has visto pasar por aquí a una muchacha y a un joven que huían?

El viejo se irguió y limpiándose el sudor con la manga de la camisa, respondió:

—Señora, estos elotes no se venden.

Al escuchar la respuesta del buen campesino, de inmediato dedujo la reina que la princesa se había convertido en un elote. En ese momento la reina desmontó y preguntó:

—¿Así que no vendes los elotes?

—No, señora, los elotes no se venden –respondió el campesino.

La reina se acercó rápidamente a una mata de maíz que tenía un elote grande y de pelo suave y sedoso. Agarrándolo con fuerza, dijo:

—Lo siento mucho, pero no puedo volver a casa sin uno de estos hermosos elotes.

Diciendo esto, la reina arrancó el elote. El pobre campesino no pudo decir nada.

Cuando la reina llegó al palacio con el elote, como por arte de magia aparecieron también allí la princesa y el joven.

Witz Ak'al se contentó al ver que su hija estaba de vuelta. Había decidido tratarla mejor de ahora en adelante para que no volviera a huir. Muy contento, el rey le dijo:

—Al fin has regresado a casa, hija mía. Te quedarás aquí, mientras que este joven que trató de raptarte se alejará del palacio para siempre.

La princesa no estuvo de acuerdo. Ella estaba enamorada del joven forastero y quería que él se quedara en el palacio. Por tal razón le dijo al rey, muy seria y decidida:

—No quiero que echen a este joven del palacio. Yo quiero que se quede aquí conmigo, pues me quiero casar con él.

—Eso no es posible –dijeron el rey y la reina muy sorprendidos.

Pero la princesa respondió:

—Si no quieren aceptarlo, entonces volveré a huir con él.

Viendo que no podrían apartar al joven de la princesa y que entre los dos ya había nacido la llama del amor, el rey y la reina tuvieron que aceptar que el joven se quedara. Eso sí, él tendría que practicar la costumbre del lugar cuando un hombre pide la mano de una mujer.

Al joven se le ordenó cortar un gran tercio de leña en el bosque y traerlo en sus espaldas para demostrar que podía aguantar la carga que representaba el casamiento. El joven fue al bosque y cortó el gran tercio de leña. Pasó por las calles de la comunidad para que la gente lo viera cargando la leña. Éste era el símbolo del casamiento y todos los hombres tenían que hacerlo para demostrar a los padres de la novia que ellos podían mantener un hogar. El joven llegó con el gran tercio de leña al palacio, seguido de una gran fila de jóvenes que llevaban tercios de leña más pequeños en sus espaldas. Del mismo modo, un grupo de muchachas acompañaban a la novia tejiendo pañuelos que obsequiaban a los jóvenes que seguían al novio. Ésta era una costumbre de la gente maya de esa comarca.

Así, el joven logró demostrar que realmente podía trabajar y que merecía la mano de la princesa. Entonces, Witz Ak'al fijó la fecha de la boda de su hija con el joven forastero. Al llegar el día del casamiento, el joven fue vestido elegantemente. Volvió a sentirse como un príncipe y hasta se acordó de su nombre verdadero, Witol Balam. Así, con el corazón rebosante de alegría, el príncipe Witol Balam se casó con la princesa Saj Haq'b'al, o Blanca Flor. La fiesta duró varios días y los marimbistas tocaron sones ancestrales para que la gente del pueblo bailara y olvidara sus penas.

Se cuenta que los esposos vivieron muchos años felices y que vieron crecer a sus hijos en aquel palacio maya de la antigüedad

Los orígines de "Blanca Flor"

"Blanca Flor" era originalmente un cuento folklórico español que se transformó una vez llegado al Nuevo Mundo. En Nuevo Méjico, "Blanca Flor" se volvió una versión de "Blanca Nieves". En América Latina, los criollos contaban una versión más cercana al original español, en donde la protagonista ayuda a su pretendiente a cumplir las pruebas que le impone su padre celoso y posesivo.

Víctor Montejo, maya jacaltec y autor de este libro, oyó de su abuela otra versión diferente. En este cuento, el padre, Witz Ak'al, no es otro que el semi-dios maya, el Señor del Bosque, combinado con un cacique del mismo origen que domina tanto la naturaleza salvaje como la ciudad. Dotada de poderes mágicos, Blanca Flor también sabe imponer su voluntad sobre las fuerzas de la naturaleza.